AF467026

T7
1713

LETTRES DE ROME

ÉCRITES A L'OCCASION DU

PREMIER CONGRÈS D'ANTHROPOLOGIE CRIMINELLE

NOVEMBRE-DÉCEMBRE 1885

PAR

Le Dr E. MAGITOT

Membre de l'Académie de médecine
Secrétaire général du Congrès d'anthropologie criminelle (Paris, 1889)
Ancien président d'honneur des Congrès d'anthropologie criminelle de Rome
et de Bruxelles
Ancien président de la Société d'anthropologie de Paris, etc.

Extrait du journal *Le National*, numéros des 21, 22, 25, 28 novembre
et 2 décembre 1885

(Réimprimé en 1894.)

HAVRE
IMPRIMERIE DU COMMERCE
3, RUE DE LA BOURSE, 3

1894

LETTRES DE ROME

DU MÊME AUTEUR

LETTRES DE SUÈDE, écrites à l'occasion du congrès d'anthropologie et d'archéologie préhistoriques (session de Stockholm). In-8°, Paris, 1874.

LETTRES DE HONGRIE, écrites à l'occasion du congrès d'anthropologie et d'archéologie préhistoriques (session de Budapest). In-8°, Paris, 1876.

RAPPORT au ministre de l'instruction publique sur les questions ethnographiques et anthropologiques du congrès de Budapest. In-8°, Paris, avec planches. (Extrait des *Archives des Missions*, 1878.)

ÉTUDES ET EXPÉRIENCES SUR LES TRACES DE L'EXISTENCE DE L'HOMME AUX TEMPS TERTIAIRES. In-8°, Paris, avec une planche. (Extrait des *Mémoires de la Société d'anthropologie de Paris*, 1878.)

LETTRES DE RUSSIE sur l'exposition et le congrès d'anthropologie de Moscou. In-8°, Paris, 1879.

LETTRES DE PORTUGAL, écrites à l'occasion du congrès d'anthropologie et d'archéologie préhistoriques (session de Lisbonne). In-8°, Paris, 1881.

CONGRÈS INTERNATIONAL D'ANTHROPOLOGIE CRIMINELLE (2e session, Paris, 1889. Compte rendu des travaux de la session.)

ÉTUDES D'ANTHROPOLOGIE ET D'ARCHÉOLOGIE. In-8°, Paris, 1889.

HAVRE. — IMPRIMERIE DU COMMERCE, 3, RUE DE LA BOURSE

LETTRES DE ROME

ÉCRITES A L'OCCASION DU

PREMIER CONGRÈS D'ANTHROPOLOGIE CRIMINELLE

NOVEMBRE-DÉCEMBRE 1885

PAR

Le Dr E. MAGITOT

Membre de l'Académie de médecine
Secrétaire général du Congrès d'anthropologie criminelle (Paris, 1889)
Ancien président d'honneur des Congrès d'anthropologie criminelle de Rome et de Bruxelles
Ancien président de la Société d'anthropologie de Paris, etc.

Extrait du journal *Le National*, numéros des 21, 22, 25, 28 novembre et 2 décembre 1885

(Réimprimé en 1894.)

HAVRE

IMPRIMERIE DU COMMERCE

3, RUE DE LA BOURSE, 3

1894

LETTRES DE ROME

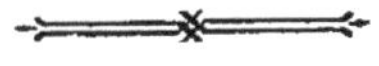

I

A M. HECTOR PESSARD, DIRECTEUR DU *NATIONAL*

Rome, 16 novembre 1885.

MON CHER DIRECTEUR,

Plus d'un, parmi nos lecteurs, doit en ce moment s'arrêter, pensif, devant le titre de ces lettres : *Anthropologie criminelle.*

Quel est le sens de ces deux mots ainsi accouplés pour la première fois ? Eh quoi! le crime est-il l'apanage exclusif d'un groupe particulier d'individus reconnaissables à certains caractères anthropologiques? La criminalité est-elle une fatalité organique, et le criminel est-il nécessairement un malformé, un malade ou un aliéné? Mais alors que deviennent les notions de responsabilité, celles de répression pénale, de vindicte publique, de châtiment des coupables, de flétrissure et de tout le vocabulaire du droit en matière de crime? Quelle est cette nouvelle utopie qui nous reporte au paradoxe de l'école de Gall, alors qu'on prétendait reconnaître un *organe* du crime et qu'on diagnostiquait, d'après le seul examen du crâne, non seulement le criminel, mais encore la nature de son crime?

Assurément l'anthropologie est une admirable science, bien digne de passionner, ainsi qu'elle le fait aujourd'hui, tant d'esprits distingués. Elle est à la fois vaste et féconde lorsqu'elle envisage l'homme depuis les temps qui précèdent l'histoire, et qu'elle en poursuit, à travers les âges, l'évolution physique, morale, sociale, politique même. Les découvertes dont elle a doté la science sont considérables et positives. Mais venir affirmer que l'on peut, sur des preuves anatomiques et organiques, établir l'existence, parmi les races humaines, d'un groupe particulier et homogène, le *groupe des criminels*, voilà certes, au premier abord, une prétention bien excessive et bien difficile à accepter.

Et avant tout, qu'est-ce donc le crime?

« Attentat à la morale et à la loi », disent les dictionnaires.

Mais la morale, la loi, ou plus simplement la *loi morale*, quoi de plus variable? Ne diffère-t-elle pas suivant les temps et les lieux? La loi morale n'est qu'une fiction. Ici, c'est le respect de la vie humaine; là, c'est le meurtre même. Cette loi morale n'est-elle pas précisément le crime pour le sauvage de l'Afrique centrale, qui compte ses victimes aux ornements ou aux tatouages qui couvrent sa poitrine, et qu'il transmet comme blason de noblesse à ses descendants?

Allez dire aux rois du Dahomey que leur coutume, à certains jours de l'année, de tuer toute créature humaine qui passe devant eux est un crime, alors que cette coutume leur est enseignée par les lois les plus sacrées du royaume.

Et la loi morale de l'anthropophage?... Nous ne parlons point ici de l'anthropophagie accidentelle imposée par la nécessité de la faim, mais de l'industrie courante des îles Sandwich, par exemple, où existent des boucheries de chair humaine. Et à ce propos ne se souvient-on pas de ce jugement récent qui, en Angleterre, condamna à être pendus trois matelots qui, perdus, sans vivres, dans une barque, au milieu de l'Océan, s'étaient précipités, après quinze jours de jeûne, sur un quatrième compagnon endormi et l'avaient dévoré? Est-ce là un crime, et quelle compétence avaient donc ces juges, bien portants et bien nourris, pour juger d'un pareil fait? Il eût fallu, pour éclairer leur conscience, quinze jours de jeûne forcé : la notion du crime eût disparu de leur esprit et ils eussent rendu un verdict d'acquittement.

Il y a, comme on voit, la morale de l'*affamé* et celle du *rassasié*, et l'on sait quel fut le crime de Jean Valjean.

Montesquieu, dans le livre admirable de l'*Esprit des Lois*, admet quatre espèces de crimes : 1° ceux qui choquent la religion ; 2° ceux qui choquent les mœurs; 3° ceux qui attentent à la tranquillité ; 4° ceux qui menacent la sûreté des citoyens. Mais il s'aperçoit bien vite que sa classification ne convient tout au plus qu'à un certain groupe d'hommes, à une époque spéciale de l'histoire, et il cite parmi les aberrations du sens moral l'exemple des anciens Germains chez lesquels la justice se rendait pour protéger le criminel contre celui qui l'avait offensé.

Mais, à côté du crime envisagé suivant les temps et les lieux, il y a le crime par emportement d'une passion quelconque, le crime par occasion. Et nous arrivons presque à la légitimation du crime.

Règne, de crime en crime, enfin te voilà roi !

s'écrie Cléopâtre dans *Rodogune*. Et ces deux vers de Rotrou dans *Bélisaire :*

A tout prix un grand cœur achète un grand crédit,
Et tout crime est permis lorsqu'il vous agrandit.

Il n'est pas jusqu'à Boïleau qui n'ait dit :

Le crime heureux fut juste et cessa d'être crime.

Mais au milieu de tous ces exemples, que va devenir pour nous la notion du *crime* et « la *criminalité* » ? Cette notion devient essentiellement relative. L'homme criminel n'est réellement criminel que relativement aux lois et à la morale de son pays ; il est un révolté, un insoumis, un intransigeant, et ceci confine au crime politique, où nous retrouvons le crime par imitation, par contagion ou par entraînement.

Le groupe des criminels définis et classés par des caractères anthropologiques serait donc une utopie, une fiction. Que prétend établir alors l'anthropologie criminelle? C'est ce que nous tâcherons de débrouiller ultérieurement, car le congrès renferme des chercheurs bien convaincus et très ardents à la lutte. Un peu de patience donc, car ce ne peut être en vain que des hommes de science comme les professeurs Lombroso, Moleschott, Ferri, etc., ont convoqué à Rome des anthropologistes, des savants, des médecins de tous les pays. N'oublions pas non plus que nous sommes dans la patrie de Cesare Beccaria, l'immortel auteur *dei deletti e delle pene,* auquel ce pays doit la suppression de la torture, et à qui Voltaire consacra tant de pages éloquentes.

II

LA RÉHABILITATION DE GALL ET DE LA PHRÉNOLOGIE

Rome, 17 novembre.

MON CHER DIRECTEUR,

Si l'anthropologie criminelle sort triomphante des épreuves du congrès de Rome ; si elle réussit à formuler les lois précises qui établissent scientifiquement la genèse, dans nos sociétés actuelles, de l'homme criminel ; si, imposant ses doctrines à de nouvelles jurisprudences, elle parvient à modifier nos codes, elle devra reconnaître que son véritable fondateur, que son père incontestable, c'est Gall, dont les œuvres et les doctrines jetèrent tant d'éclat au commencement de ce siècle.

Et cependant la notion différentielle entre l'homme honnête et l'homme criminel n'est pas chose nouvelle. Saint Paul, dans sa théorie de la grâce, distingua déjà les hommes en deux catégories : les *Bons* et les *Méchants*. Les bons sont les créatures de Dieu, et le royaume des cieux leur est assuré. Les mauvais doivent être abandonnés ou sacrifiés. Tel fut le régime de l'Inquisition ; telle est restée pendant si longtemps la loi de nos sociétés dans la série des âges. Nul respect de la liberté individuelle, nul souci des conditions et des mobiles des actions humaines, ni des influences qui peuvent en faire varier le caractère suivant les temps, les lieux, les circonstances. Nulle notion de la responsabilité et des variations qu'elle subit suivant le degré intellectuel, l'état de santé ou de maladie. Toujours la procédure invariable : le coupable, à la torture et au supplice ; l'aliéné, l'épileptique traité de sorcier, au bûcher !

Que de siècles a-t-il fallu pour voir poindre enfin la première lueur de justice et de droit !

A la classification des crimes donnée par Montesquieu, l'école encyclopédique, et, en tête, d'Alembert et Diderot, se livra à des commentaires où déjà s'affirme la nécessité d'une distinction minutieuse entre les caractères des délits et des crimes ; mais c'est à Cabanis, l'immortel auteur des *Rapports du physique et du moral*, qu'il faut arriver pour saisir l'importance qu'il convient d'attribuer, dans l'appréciation des penchants humains, aux circonstances accidentelles, aux influences extérieures et aux conditions sociales. A ce point de vue, il peut être regardé comme un précurseur de Gall.

Enfin, au commencement de ce siècle, parut l'immortel ouvrage de Gall sur l'*Origine des qualités morales et des facultés intellectuelles.*

Ce titre était déjà à lui seul une révolution, car les notions sur les facultés morales et l'intelligence n'avaient guère varié depuis Aristote, et les théories de Stahl, Van Helmont et Paracelse, brillaient de tout leur éclat. Les facultés humaines avaient leur localisation dans diverses parties du corps humain : le cœur était l'organe du courage ; le foie, celui de la colère ; les passions basses avaient leur siège dans l'estomac et dans le ventre ; les passions nobles ou élevées, dans les parties supérieures du corps. Du crâne, du cerveau, il n'était point question, si ce n'est pour y trouver, sur une toute petite partie de sa substance, la *glande pinéale*, le siège de l'âme.

Certains anatomistes, Sylvius, Rolando, etc., avaient bien signalé dans le cerveau quelques particularités de formes intéressantes, mais ils s'étaient bien gardés de déclarer que la pensée y pouvait trouver asile. Buffon lui-même s'est donné la peine de décrire cet organe, qu'il traite dédaigneusement sous le nom de « cervelle ».

Gall formule donc le premier une proposition qui est celle-ci : « Les facultés intellectuelles et morales ont pour siège essentiel et exclusif le cerveau. » C'était l'effondrement des théories métaphysiques courantes et en même temps un attentat contre les idées sur l'âme et le principe vital. Les attaques furent violentes, passionnées ; on écrivit des livres entiers pour combattre la nouvelle doctrine, et parmi les adversaires les plus ardents, il faut citer Flourens et Lélut.

Gall pourtant était loin de s'émouvoir et continuait son œuvre, dont plusieurs grands esprits venaient de prendre la défense, Broussais d'abord et, plus tard, Auguste Comte. Envisageant alors son sujet dans la série animale, il formule cette autre loi non moins importante que la première : « Il n'y a entre les animaux et l'homme, au point de vue des organes et des fonctions, que des différences de *quantité* et non de *qualité*. Chez tous, ce sont les mêmes instincts, les mêmes facultés innées. »

Cette conception, vraiment admirable, la science moderne n'a fait que la développer et l'affirmer. C'est le fondement de l'anatomie générale, qui, quelques années après, devenait, par le génie de Bichat, l'une des plus grandes découvertes de notre temps.

Plaçons ici un petit détail que nous apprend Gall lui-même. Cette idée de l'identité chez tous les êtres des organes et des fonctions, elle lui a été suggérée par Georges Leroy qui, en 1768, avait publié un livre extrêmement curieux : *Lettres sur les Animaux*. Or Georges Leroy, qui était garde général des chasses du roi Louis XV, avait étudié les mœurs des animaux sur lesquels il apporte maintes révélations : l'état social des lapins qui vivent en république organisée ; les associations des renards, auxquels il attribue en temps de chasse jusqu'à dix-huit manières de communiquer entre eux par certains signes et cris distincts. De même, les loups s'associant pour la chasse, organisant des battues contre une proie commune.

Il va même, dans l'étude de l'organisation sociale des animaux, jusqu'à mentionner la punition et le châtiment des coupables.

On sait, du reste, que Georges Leroy a eu des imitateurs, et que des naturalistes nous ont révélé des faits analogues chez des animaux plus inférieurs, comme les insectes et aussi sur des animaux supérieurs, comme les singes. Aux analogies physiologiques et organiques entre l'homme et les animaux, il faut donc ajouter les analogies sociales, politiques même. C'est là un sujet sur lequel il y aurait à revenir, car, tout récemment, le Dr Lacassagne, de Lyon, a publié un travail des plus curieux sur la *Criminalité chez les Animaux*.

Cette digression nous ramenant à notre sujet, examinons les idées de Gall sur la criminalité. Ici se présente un écueil qu'il faut prudemment éviter pour juger rigoureusement la valeur de la doctrine. On sait en effet que Gall, et surtout son élève Spurzheim, conçurent l'idée purement hypothétique des localisations cérébrales, et c'est ainsi qu'on vit paraître ces crânes humains ou ces moulages de crânes dans lesquels les différentes facultés humaines, les passions, les crimes sont représentés par autant de petites cases ou départements du cerveau et de la boîte osseuse.

On sait le reste : le paradoxe tua la doctrine et la phrénologie tomba sous le ridicule.

Mais, si nous cherchons, dans le texte de Gall, la formule exacte de ses idées sur la criminalité, nous la trouvons sous la forme suivante, à la fois si nette et si pratique :

« Pour ce qui est des *crimes*, il faut s'efforcer de les prévenir;

« En ce qui regarde les *malfaiteurs*, il faut les corriger;

« Pour les *incorrigibles*, il faut mettre la société en sûreté contre eux. »

Quoi de plus complet, de plus saisissant ?

Ainsi se trouve démontré que Gall doit être regardé comme le père de l'anthropologie criminelle. Le caractère et la portée de son œuvre le placent au premier rang des penseurs et des philosophes. Il est, pour les sciences biologiques, ce que fut Galilée pour les sciences mathématiques.

III

PHYSIOLOGIE ET PSYCHOLOGIE DES CRIMINELS. — ESSAIS DE CLASSIFICATION

20 novembre.

MON CHER DIRECTEUR,

Si Gall est réellement le fondateur de l'anthropologie criminelle, nous devons, pour rester fidèles à sa méthode, rechercher dans la forme du crâne et dans la constitution du cerveau les éléments de détermination de l'homme criminel. Nous sommes ainsi conduits à deux séries d'observations : 1° les faits matériels, physiques du crâne et de l'encéphale ; 2° les manifestations fonctionnelles de l'organe, c'est-à-dire la psychologie. C'est sous cette forme, d'ailleurs, que la question se présente au congrès.

Une série de crânes de criminels a été recueillie parmi les condamnés à la peine capitale, et par criminels, ici, il n'est question, pour ne pas s'égarer, que d'un crime de droit commun, l'*assassinat*. Les divers musées d'Europe renferment déjà un grand nombre de crânes d'assassins, et en additionnant les collections, peut-être arriverait-on à une centaine de pièces. Parmi eux figurent nos plus célèbres guillotinés : Lacenaire, Dumolard, Papavoine sont au musée de Caen ; Lemaire est à la Société d'anthropologie, et son autopsie, faite par Broca, révéla précisément les signes les plus évidents de la folie : réduction en poids et en volume du cerveau ; circonvolutions larges, région frontale étroite ; membranes épaisses, injectées, adhérentes aux hémisphères ; sutures crâniennes ossifiées comme celles d'un vieillard (il avait 19 ans) ; tête asymétrique ; corps grêle, pieds difformes, etc. Lemaire était donc, au moment où il a commis son crime, en proie à un état pathologique, à une maladie qui détruit la raison, de sorte que, croyant punir un coupable, on a sacrifié un innocent. Que d'exemples semblables ont été découverts par une enquête rétrospective! Des élèves de Broca, MM. Bordier, Manouvrier, Ardoin, Bagenoff, etc., ont poursuivi et poursuivent encore cette enquête.

Dans son étude sur les trente-cinq crânes d'assassins du musée de Caen, M. Bordier, on peut le dire, a fait faire à la question un progrès décisif. Ses conclusions toutefois ne sont pas de nature à établir les caractères spécifiques du criminel. Selon lui, les caractères physiques des crânes d'assassins semblent devoir nous ramener aux caractères des crânes des races préhistoriques, caractères qui, effacés de nos races actuelles, y reparaissent quelquefois par un phénomène connu sous le nom d'*atavisme.*

Le criminel est donc un anachronisme, un sauvage en pays civilisé, un monstre, quelque chose de comparable à un animal qui, né de parents domestiqués, apparaîtrait brusquement avec la sauvagerie indomptable de ses premiers ancêtres. On observe précisément, parmi les animaux domestiques, des exemples de ce genre : ces animaux rétifs, indomptables, insoumis, ce sont les criminels.

Évoquons par la pensée l'un de nos ancêtres préhistoriques et introduisons-le dans les rangs serrés et hiérarchisés de notre ordre social : ce sera un criminel.

Le criminel actuel vient trop tard dans un monde trop vieux; plus d'un eût été jadis le chef vénéré de sa tribu.

Cette thèse est exactement celle que vient de soutenir à Rome le chef actuel de l'école d'anthropologie criminelle, le Dr Lombroso. D'une longue série d'observations et de l'étude comparative des résultats obtenus en France, en Allemagne et dans son propre pays, il est conduit à regarder l'*uomo delinquente*, le criminel, comme un individu inférieur, dégradé, un atavique.

Tel est actuellement l'état de la question sur les caractères physiques des assassins, et cette enquête, poursuivie par la France dans ces derniers temps, a recueilli quelques faits nouveaux qui ont pris place dans la série : Marchandon, Campi, etc., ont désormais leur dossier anthropologique. Attendons donc à ce sujet les études que nous promettent MM. Mathias

Duval, Laborde et Galippe, qui doivent nous fournir des résultats précis.

A la suite du Dr Lombroso, un jeune et brillant professeur de droit pénal à l'Université de Rome, M. Ferri, expose, dans un discours plein de verve et de couleur, une théorie psychique du criminel. Pour lui, les criminels se distinguent en deux types caractéristiques : le premier est le *criminel instinctif (delinquente nato)*; le second, le *criminel passionné (delinquente per impeto di passione)*. Au premier type appartient, comme variété anthropologique, le *criminel aliéné*, et au second le *criminel par occasion;* puis, entre les deux se place le *criminel d'habitude*, qui, étant d'abord un criminel d'occasion, fait ensuite du crime son industrie habituelle. L'orateur développe ensuite sa thèse, passant en revue toutes les conditions si diverses qui précèdent ou accompagnent le crime : la précocité du criminel, la récidive, l'invasion lente et l'impulsion soudaine, le mobile, la préméditation. C'est un long réquisitoire, qui ne sort pas malheureusement du cadre métaphysique et ne résout pas le problème posé. Quant aux conclusions, les voici :

1° Les caractères psychologiques, comme les caractères anatomiques et physiologiques de chaque type, ne se trouvent pas dans tous les criminels du même type : c'est pour cela qu'il y a des variétés intermédiaires de criminalité, comme chez les hommes normaux il y a différents degrés de santé physiologique et mentale;

2° Les caractères anatomiques et physiologiques sont la base physique des symptômes psychologiques et la raison essentielle de leur transmission héréditaire;

3° Pour le jugement anthropologique de chaque criminel, il est toujours nécessaire de tenir compte des caractères organiques et psychologiques, quoique, souvent, un ou plusieurs des premiers ou des seconds suffisent pour le classifier. En tout cas, le jugement anthropologique ne peut être fait par le simple sens commun, mais doit être le résultat d'une étude complète sur l'individu;

4° Au point de vue social, la criminalité est une dégénération plus profonde que la folie, car la plupart des fous ne sont pas dangereux, leur primitif sens moral survivant bien des fois au naufrage de leur intelligence.

Laissons maintenant la parole à notre compatriote le professeur Lacassagne, le médecin légiste de Lyon. Pour lui, fervent disciple de Gall, le cerveau comprend trois grandes localisations : le *sentiment*, l'*activité*, l'*intelligence*. En arrière, du côté de l'occiput, siègent les sentiments; sur les parties latérales (ou pariétales) de la tête se trouvent les fonctions d'activité; en avant, sur les régions frontales, se placent les plus hautes fonctions, l'intelligence. Dans l'état d'équilibre parfait entre les trois départements du cerveau, l'individu reste normal. Si l'équilibre se rompt, la criminalité peut apparaître. Il existe, en effet, trois types de criminels : les *criminels de sentiment*, criminels occipitaux; les *criminels d'actes*, les pariétaux; les *criminels de pensée*, les frontaux.

Les *criminels de sentiment*, ou d'instinct, les ~~frontaux~~ occipitaux, sont les vrais, les incorrigibles; c'est le criminel chez lequel se retrouvent les particularités anatomiques exposées plus haut. Ce sont les êtres défectueux, dégradés. La criminalité est chez eux un instinct naturel, soit héréditaire, soit acquis au début de la vie par l'exemple. Ils sont nécessairement récidivistes : le milieu social ne peut rien pour les améliorer.

Les *criminels d'actes*, les pariétaux, sont les criminels par passion ou par occasion. Ils sont susceptibles d'amélioration, de correction. Enfin, *les criminels de pensée* sont les aliénés; leur état cérébral est le résultat de l'hérédité ou d'une disposition acquise : paralysie générale, épilepsie, méningo-encéphalite chronique, etc. Lacenaire, Dumollard, Lemaire en sont les types les mieux connus.

Voilà certes une conception bien simple dans sa forme; elle est à la fois sociale et humanitaire. Elle enseigne que si dans notre société il y a des coupables vrais, des criminels responsables, il y a aussi des malheureux qui sont esclaves de fatales dispositions organiques. C'est pour ceux-ci, pour ces déshérités que la morale réclame la pitié; c'est pour eux que la science demande la justice.

IV

RESPONSABILITÉ MORALE ET RESPONSABILITÉ SOCIALE

Mon cher Directeur,

Il est une tendance incontestable de ce Congrès, c'est de considérer la plupart des criminels comme irresponsables. A côté des *fatalités organiques congénitales* de Broca, développées et affirmées par de récents observateurs : Bénédict, de Vienne, Lombroso, Marro, Sergi et toute l'école italienne, il y a les *fatalités organiques contractées*, les maladies de l'enfance, héréditaires ou acquises, qui dépriment l'organisme. Puis surviennent l'alcoolisme, les traumatismes qui atteignent le crâne et la substance cérébrale, les perturbations mentales spontanées ou provoquées, les monomanies, etc.

Mais alors que reste-t-il au compte de la criminalité réelle et responsable ? Rien ou presque rien. Et que devient alors la justice, prétendu fondement de l'édifice social, cette justice qui se prétend absolue ? La justice absolue n'est-elle donc qu'une fiction? Est-ce que la justice absolue de J. de Maistre est la justice absolue de J.-J. Rousseau, et celle-ci ressemble-t-elle à celle de Machiavel, et celle de Machiavel à celle de Platon ? Et enfin, cette justice, si elle est absolue, doit aussi être *une* et indivisible, elle s'applique donc aussi bien à l'homme qu'à toute l'animalité. Nous n'en sommes plus, je pense, à considérer l'homme comme l'image de Dieu, pénétré d'un souffle divin, doué d'une âme immortelle et d'un grand nombre d'attributs. Nous savons bien que tous les êtres vivants sont, comme dit Montaigne, « soubs le visage d'une mesme nature » et

..... qu'un âne,
Pour Dieu qui nous voit tous, vaut autant qu'un ânier.

Non, assurément; ce n'est pas cette notion purement sentimentale de la justice qui peut devenir la base de la morale pénale, car il n'y a nulle justice dans la distribution des conditions des êtres. Mais à défaut de justice, il y a autre chose : il y a une *science sociale*, qu'il faut évoquer dans une assemblée de physiologistes et de penseurs, et qui est la base de la responsabilité sociale.

Que chacun reste donc responsable de ses actes, voilà tout. Sous quelle forme, dans quelle mesure, avec quels mobiles ces actes se sont-ils accomplis? c'est ce que la science aura à élucider; mais qu'un jury ne vienne pas dire devant l'accomplissement du crime : « Non, l'accusé n'est pas coupable », alors que le crime est patent et qu'il reste crime alors même que le cerveau du criminel est frappé de lésions plus ou moins profondes.

La responsabilité morale ne repose donc que sur une série d'hypothèses métaphysiques et ne peut plus servir de base au droit pénal, qui doit être uniquement fondé sur l'intérêt social et sur la science sociale; de sorte qu'à la responsabilité morale il faut substituer la responsabilité sociale.

Dans la pratique, la recherche de la criminalité doit envisager l'ensemble des faits à charge et à décharge. L'irresponsabilité, si elle est maintenue, ne devra être attribuée qu'à des cas tellement manifestes d'inconscience totale, que toute contestation soit impossible, et, dès lors, tout procès inutile; ici s'impose le rôle d'un médecin ou d'un expert, contrôlé d'ailleurs par une expertise contradictoire.

Tel est le mot d'introduction de la science sociale, de la *sociologie* dans les notions des actes délictueux; tel est son mode d'intervention dans le déterminisme du crime et dans les conditions les plus propres à protéger la société d'abord, et à amender les coupables ensuite.

Voilà la thèse que défend devant le congrès, avec un grand talent et une grande conviction, l'un de nos compatriotes, le Dr Dally, dont les idées ont déjà été exprimées à maintes reprises soit au sein de la Société d'anthropologie de Paris, soit à la Société médico-psychologique. En d'autres temps, une pareille doctrine eût soulevé des tempêtes, mais l'esprit moderne ne se laisse plus effaroucher par aucun théorème social, par aucun problème humain, alors même qu'ils apparaissent sous la forme d'une erreur ou d'une utopie.

C'est à la doctrine de M. Dally que se rattachent d'ailleurs à la fois des criminalistes comme MM. Moreau (de Tours), Delasiauve, Alfred Fouillié, etc., et toute l'école anthropologique de Broca.

Résumons brièvement le débat. Dans l'appréciation de la criminalité, il faut à tout prix considérer deux facteurs : un facteur *interne*, qui est l'homme; un facteur *externe*, le milieu social. Pour le facteur interne, l'homme, les recherches anatomiques semblent rattacher le type morphologique du criminel aux caractères de l'homme préhistorique, ce qui nous conduirait au paradoxe suivant : le criminel, c'est l'homme à l'injure du temps, l'homme primitif tel qu'il a été créé. Mais la perfectibilité de ses organes et de ses fonctions a permis aux civilisations successives d'imprimer à ses instincts des modifications et des impressions dans le sens de la justice et du droit. Tel est le rôle du second facteur, le milieu social. C'est ainsi que, dans l'état actuel de nos sociétés, le criminel reste l'insoumis, l'incorrigible. Écoutez les assassins de profession, ceux qui ne rentrent ni dans la catégorie des aliénés, ni dans celle des dégradés physiques. Que disent-ils à leur décharge ? Quels arguments invoquent leurs avocats? Ce sont les circonstances qui les ont vus grandir, l'éducation qu'ils ont reçue, les exemples qu'ils ont eus sous les yeux, leurs entraînements. Ils ont parfaitement raison, et la *fatalité sociale* équivaut ici à la *fatalité organique*.

La criminalité est une fatalité. C'est, suivant le mot d'Émile de Girardin, le produit d'un état social sur lequel les peines n'ont aucune action.

Mais alors, il n'y a aucune loi morale à lui appliquer. Assurément non. Seulement, il y a des lois sociales fondées sur la nécessité de protéger et de soustraire le criminel à sa propre direction.

Il en résulte, au point de vue du droit moral, et même du droit social, les conclusions suivantes :

1° La notion d'irresponsabilité se rattachant directement à des fictions métaphysiques, doit être bannie du langage scientifique ;

2° Chacun est logiquement responsable de ses actes, mais les modes de responsabilité doivent être variés de même que le sont les divers mobiles de nos actions;

3° La préservation sociale et l'exemple doivent être les bases uniques de la répression. Les termes : *châtiment*, *pénalité*, *vindicte publique*, doivent disparaître ;

4° Une étude attentive des mobiles des criminels, faite par des hommes spécialement compétents, peut seule conduire à la détermination des divers modes de répression;

5° L'intérêt social et l'intérêt même des criminels doivent servir de guides dans l'intensité de la répression. La *justice*, l'*équité*, la *pitié*, la *clémence*, etc., sont des notions arbitraires au sujet desquelles chacun a sa manière de voir. Ce sont là de pures abstractions sentimentales, mais ce n'est pas avec des sentiments qu'on peut régler une société.

V

MONOGRAPHIE DES CÉSARS AU POINT DE VUE ANTHROPOLOGIQUE

Mon cher Directeur,

Étudier la famille des Césars, — une famille de criminels s'il en fût, — considérée comme un groupe ethnique particulier ; les soumettre à une enquête anthropologique ; examiner, à défaut de leur crâne, les bustes que nous a légués l'art ancien ; rechercher les divers caractères, la forme, les proportions, les attitudes, les physionomies du crâne et de la face dans leur rapport avec les renseignements historiques, voilà, certes, une idée ingénieuse et originale, bien digne de tenter un érudit. J.-J. Ampère, Jacoby et Darwin lui-même l'ont d'ailleurs essayé dans une certaine mesure, mais le problème vient d'être abordé de nouveau par M. Edmond Mayor, secrétaire général du congrès, qui a rassemblé dans un très curieux travail ses observations personnelles recueillies dans les différents musées d'Italie.

On sait, en effet, quel était, dans la Rome impériale, la profusion des portraits des souverains : bustes en pierre ou en marbre, presque toujours de grandeur naturelle, parfois des statues demi-colossales ou colossales au lendemain des triomphes. On sait aussi que, d'une manière générale, la ressemblance de ces bustes est frappante, absolue : le plus souvent, ainsi qu'on peut le vérifier, l'artiste pousse la rigueur jusqu'à représenter les anomalies, les difformités, les dispositions vicieuses de la face en ce qu'elles peuvent avoir de caractéristique pour la physionomie, exception faite, toutefois, pour certaines statues triomphales exécutées « par ordre », et où le modèle était idéalisé. Telle est, par exemple, cette statue de Caligula nu, en attitude héroïque, de formes irréprochables, alors qu'il avait les pieds et les jambes difformes.

Ces réserves faites, laissons-nous guider un moment dans les musées de Rome, de Florence et de Naples. Les sujets y abondent: on ne compte pas moins de cinq bustes d'Auguste, sept de Tibère, autant de Claude, six de Néron, trois de Titus, de Trajan, de Caligula, etc.

Commençons par Auguste :

Un buste d'Octave jeune, dix-sept ans, au Vatican, nous montre une tête pensive, réfléchie et belle. Les arcades sourcilières proéminentes donnent à la physionomie une expression de concentration et de dureté, vue de face; de tristesse, vue de profil ; « déjà, dit Ampère, le regard est un peu sombre et ce front, si poli, menace ».

Un second buste d'Octave, à Florence, nous le donne parfait de ressemblance et de vérité historiques. C'est Octave dans la lutte : regard inquisiteur, perçant; il a environ trente ans.

D'autres statues du Vatican ou du Capitole nous montrent Auguste triomphant et flatté par les artistes. Cependant, un dernier buste, qui figure dans la fameuse salle des Empereurs, au Capitole, représente Auguste vieux : il affecte la douceur, la bonhomie; la joue s'est creusée, le cou est décharné. Cette figure doit être d'une ressemblance frappante. C'est bien le nez, d'une forme si caractéristique ; ce sont les sourcils qui se rejoignent au milieu du front; cette physionomie si dure, c'est toujours Octave, froid, menaçant, avec le sourire d'un vieillard. Il a environ soixante-cinq ans.

Passons à Tibère, fils de Livie et d'Auguste. Ampère n'hésite pas à trouver une grande ressemblance entre Tibère et Auguste; chez le premier cependant, la tête est plus carrée, il est plus brachycéphale que son père; mais la face est asymétrique, c'est-à-dire que l'œil gauche est plus éloigné et plus élevé. Cette asymétrie est un caractère qui se retrouve dans toute la famille d'Auguste et que M. Mayor désigne sous le nom d'*asymétrie césarienne*.

Ne nous arrêtons pas devant les bustes de Drusus et de Germanicus, tous deux à physionomie grave et douce, et examinons le portrait de Caligula.

Quatre bustes de Caligula figurent dans les musées de Rome et de Naples. Chez tous, c'est l'expression sinistre, cruelle, sournoise et méfiante. Aucun artiste ne s'y est trompé. C'est une tête d'épileptique, et Caligula l'était. L'histoire est du reste plus réaliste que l'art. *Vultum vero natura horridum ac tetrum,* dit Suétone. C'est sa figure que Sénèque qualifie du mot *deformitas.*

Nous sommes devant Claude : voyons quelle impression résulte des sept statues ou bustes qui sont sous nos yeux à Rome ou à Florence : asymétrie césarienne évidente, expression triste, aspect souffreteux, craintif, embarrassé. C'est bien le caractère de l'homme qui n'a d'autre volonté que celle des gens qui l'entourent.

Enfin voici Néron. Six bustes très soignés, très exacts, celui de Florence surtout. Chez tous l'asymétrie dite *césarienne* est frappante et visible même au compas. Mâchoire monstrueuse ; expression égarée, cruelle. Ici l'anthropologie et l'histoire sont en accord parfait.

Avec Néron s'éteint la descendance d'Auguste.

Passons rapidement devant les bustes de Galla, vieillard chauve, au nez crochu ; d'Othon, le vieux blasé ; de Vitellius, gros, lippu, sensuel et cruel, et arrêtons-nous devant Vespasien. C'est un personnage. Il apporte sur le trône plusieurs qualités : l'activité, l'énergie, l'habileté et une manie, l'argent.

La tête est caractéristique, les lèvres sont fixes, les yeux petits et perçants. C'est la vigueur et la rapacité, mais sans la moindre élévation.

Ces caractères de physionomie se retrouvent, du reste, dans les bustes de ses deux fils, qui sont aussi ses successeurs : Titus et Domitien ; le premier, gras, empâté, expression et regard faux ; le second, pervers, maniaque et cruel.

Enfin, voici l'hermite, le bon, le clément, le candide Trajan : *Quanta in oculis, habitu, gestu, toto denique corpore, fides !*

Côté des impératrices :

Voici d'abord Livie, seconde femme d'Auguste, la seule des femmes de la famille césarienne dont le front soit haut et découvert.

La beauté et la fausseté accomplies, et cependant la face est asymétrique, l'œil gauche descend, la narine gauche remonte. Elle était, dit Ampère, froide, orgueilleuse, ambitieuse, ferme, persévérante. Tacite ne l'avait pas jugée moins sévèrement. Ses bustes leur donnent raison.

Voyez maintenant Julie, fille d'Auguste : la partie inférieure du visage est énorme, la lèvre inférieure déborde la supérieure ; les yeux sont alanguis, fatigués. C'est bien la sensuelle Julie, l'impudique, la cynique. C'est la dégénérescence morale dans la famille d'Auguste.

D'Agrippine, fille de Julie, il ne reste que peu de bustes ; le plus remarquable est celui de Naples. Mais c'est Agrippine vieille, résignée, lasse, *addolorata*.

Messaline : lèvres minces, sourire faux, les oreilles très petites, à anse, mâchoire supérieure extraordinairement développée, les yeux rapprochés, encavés profondément sous les arcades sourcilières. Darwin a découvert dans ces bustes l'asymétrie des lèvres, dont la supérieure se relève à droite, et celle des yeux, dont le gauche est plus élevé, comme chez Néron, Claude, etc.

L'aspect est plus cruel que voluptueux. *Ignis intus uret*, froideur ironique. C'est le masque de la nymphomanie.

Jolie famille, n'est-ce pas, que celle des Césars !

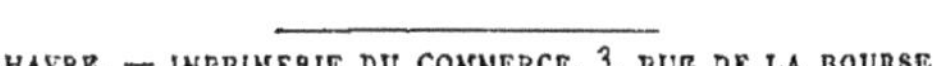

HAVRE. — IMPRIMERIE DU COMMERCE, 3, RUE DE LA BOURSE

www.ingramcontent.com/pod-product-compliance
Ingram Content Group UK Ltd.
Pitfield, Milton Keynes, MK11 3LW, UK
UKHW020447220726
13923UKWH00005B/2381

9 782014 454727